Simon et le petit cirque

Gilles Tibo

Livres Toundra

Je m'appelle Simon.
Avec une boîte de carton
et un parapluie,
j'ai fabriqué un petit cirque.

Je crie:
- APPROCHEZ! APPROCHEZ!
  Venez voir l'incroyable dompteur
  de chèvres et de cochons!

– Oups!
  Arrêtez! Arrêtez!

Bing! Bang!
Les chèvres s'élancent
et donnent des coups de cornes sur mon cirque.

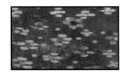

- Oups!
  Arrêtez! Arrêtez!

Les cochons me poussent dans l'herbe.
Scrounch! Scrounch!
Ils dévorent le chapiteau de carton
et piétinent le parapluie.

Avec Marlène,
je fais mon numéro de funambule.

– Oups!
Arrêtez! Arrêtez!

– Pit! Pit! Pit!

Les oiseaux me font perdre l'équilibre
et je tombe par terre.

Sur la montagne,
le grand échassier me dit:
– On ne fait pas un cirque avec des
   chèvres, des cochons et des moineaux!
   Il faut éblouir le public
   avec des animaux merveilleux!

J'ai compris!
Lorsque la lune brillera dans le ciel,
je porterai des habits de lumière
et je deviendrai
le plus grand dompteur au monde.

Flip . . . Flop . . . Flop . . .
Je ferai voler des colombes autour de moi!

Ensuite,
sous le ciel étoilé,
je dompterai des fauves:
– Graaarh! Graaarh!
Les grands tigres sauvages
rugiront dans la nuit.

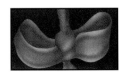

Ensuite,
je présenterai le numéro
le plus extraordinaire.

– Yahou! Yahou!

Je me balancerai
sous la trompe d'un éléphant!

Et finalement,
sous une pluie d'étoiles filantes,
swich . . . zipp . . . zoup . . .
Marlène et moi exécuterons
un dangereux numéro de voltige.

Pour me reposer,
je vais sur la montagne
et je regarde le ciel.

Après avoir réfléchi,
je dis à mon petit oiseau:
– Oh! Oh!
  Je viens d'avoir une bonne idée!

Au fond de la forêt,
je rejoins Marlène et tous mes amis.
Ensemble, nous jouons au cirque.

Avec du papier et du carton,
nous fabriquons un ours, un lion,
des éléphants, une girafe, un serpent.

Je crie:
- APPROCHEZ! APPROCHEZ!
  Venez voir le plus beau cirque du monde!

Pour Geneviève

© 1997, Gilles Tibo

Publié au Canada par Livres Toundra / *McClelland & Stewart Young Readers,* 481 avenue University, Toronto, Ontario, M5G 2E9
Publié aux États-Unis par Tundra Books of Northern New York, Boîte Postale 1030, Plattsburgh, New York, 12901

Fiche du Library of Congress (Washington): 97-60511

Données de catalogage avant publication (Canada)
Tibo, Gilles
    Simon et le petit cirque

Publié aussi en anglais sous le titre: *Simon at the circus.*
ISBN 0-88776-417-7 (rel.)   ISBN 0-88776-423-1 (br.)

I. Titre.

PS8589.I26S5283 1997   jC843'.54   C97-930715-5
PZ23.T5Si 1997

Nous remercions le Conseil des Arts du Canada de l'aide accordée à notre programme de publication.

Imprimé au Canada

1 2 3 4 5 6   02 01 00 99 98 97